W9-BHH-037

roman vert

Dominique et compagnie

Sous la direction de

Yvon Brochu

Yvon Brochu

Un amour de prof

Illustrations

Anne Villeneuve

Données de catalogage avant publication (Canada)

Brochu, Yvon
Un amour de prof
(Roman vert)
Pour enfants de 8 ans et plus

ISBN 2-89512-291-1

I. Villeneuve, Anne. II. Titre.

PS8553.R6A86 2003 jC843'.54 C2002-941041-X
PS9553.R6A86 2003
PZ23.B76Am 2003

Dépôts légaux: 1er trimestre 2003
Bibliothèque nationale du Québec
Bibliothèque nationale du Canada
Bibliothèque nationale de France

ISBN 2-89512-291-1
Imprimé au Canada

10 9 8 7 6 5 4 3 2 1

Direction de la collection:
Yvon Brochu, R-D création enr.
Éditrice: Dominique Payette
Direction artistique et graphisme:
Primeau & Barey
Révision-correction:
Martine Latulippe

Dominique et compagnie
300, rue Arran
Saint-Lambert (Québec) J4R 1K5
Téléphone: (514) 875-0327
Télécopieur: (450) 672-5448
Courriel:
dominiqueetcie@editionsheritage.com
Site Internet:
www.dominiqueetcompagnie.com

Nous remercions le Conseil des Arts du Canada de l'aide accordée à notre programme de publication, ainsi que la SODEC et le ministère du Patrimoine canadien.

Gouvernement du Québec – Programme de crédit d'impôt pour l'édition de livres – SODEC

À tous
les enseignants
passionnés
et passionnants

Chapitre 1

Coup de foudre

Je me nomme Mélanie Saint-Amour. Je suis une toute jeune enseignante de l'école primaire Louis-Jolliet, la même école où j'étudiais, petite.

La vie a parfois de ces coïncidences...

Ce soir, c'est la fête. Un événement grandiose ! Directeurs, enseignants, parents, employés, élèves, anciens et nouveaux, ont été invités pour souligner le vingt-cinquième anniversaire de notre école.

Je viens juste d'entrer dans le gymnase, magnifiquement décoré pour l'occasion. Moi aussi, je me suis

« décorée » : je suis d'un grand chic. Et j'ai épinglé une belle rose à ma robe noire.

J'avance vers la foule, et je me sens toute petite, aussi fragile que lorsque j'avais dix ans : j'ai appris que Gustavo serait présent. Gustavo, mon ancien professeur de quatrième année. Gustavo, mon premier amour de jeunesse…

• • •

Dans la cour d'école, la nouvelle se répand très vite :

– Il y a un nouveau professeur en quatrième année. Un homme !

Les filles autour de moi se rebellent.

– Personne ne va réussir à nous séparer : les filles avec les filles !

– Tu as bien raison : il faut toutes

se retrouver dans la classe de Claire !

Tous les élèves aiment Claire Bonenfant, l'enseignante de quatrième année. Elle sourit toujours et a une excellente réputation. Elle a déjà enseigné à Sandrine, ma sœur aînée ; pendant les vacances, cette dernière n'a pas cessé de me répéter à quel point je serais chanceuse d'avoir Claire comme enseignante cette année.

Vraiment, cette rentrée scolaire a pour moi des airs de fête : d'abord, oublier cette maison devenue trop silencieuse depuis le départ de mon père, le 9 juillet, pour de nouveaux cieux amoureux ; ensuite, retrouver plusieurs de mes bonnes amies vite disparues dans la grande marée des vacances estivales ; et enfin, une chance sur deux de partager mon

quotidien avec la meilleure enseignante de l'école Louis-Jolliet, Claire Bonenfant.

Mais la possibilité de me retrouver avec un homme comme enseignant me donne de petits frissons dans le dos : en plus de ne pas avoir Claire Bonenfant, s'il fallait que...

– Les garçons avec les garçons ! s'enflamme Julie, ma voisine, celle dont le père jardinier fait pousser les plus belles et les plus grosses roses de tout le quartier.

Une autre voix s'élève. Une voix que je connais bien.

– Mélanie ?

Du coin de l'œil, je repère Martin, le seul garçon qui ne m'ennuie pas. Il sort en trombe de l'école. Je songe aux paroles de Julie : « Les garçons avec les garçons ! » Si ce souhait se

réalisait, Martin ne serait plus dans ma classe. Je me sens soudain triste; mais seulement un petit instant de rien du tout. Car je suis d'accord avec les filles. Et puis… Martin est trop jeune pour devenir mon petit ami: il a mon âge.

Je me demande bien comment il a réussi à entrer dans l'école… La cloche n'a pas encore sonné. Il ne cessera jamais de me surprendre, celui-là!

–Mélanie!

Martin bouscule plein d'élèves sur son passage; il a sûrement une nouvelle importante à me communiquer. Tout à coup, je sens mes jambes ramollir: un doute vient de m'assaillir. S'il fallait que…

–Mélanie? poursuit-il d'une voix enthousiaste. On est encore dans la

même classe ! Dans celle du nouveau. Il s'appelle Gustavo.

– Pauvre Mel ! lance Louison, la plus grande du groupe, en grimaçant.

Mes jambes se mettent à trembler. Non, Mélanie : ne panique pas ! Pour me donner du courage, je me dis que les filles vont m'aider à trouver une solution.

– Demande à ta mère de te faire changer de classe, propose Louison.

Je sens mes joues toutes chaudes ; elles sont sûrement très rouges. Je dois avoir l'air d'un homard, mais je n'y peux rien.

– Va plutôt voir la directrice, me lance Julie. Elle t'aime bien. Elle va comprendre.

La cloche sonne, le groupe de filles bouge, se défait, disparaît, me

laissant toute seule et bouche bée.

–Qu'est-ce que tu as, Mélanie ? Tu es toute rouge !

Il semble bien qu'il n'y ait plus que Martin pour s'inquiéter de moi...

• • •

Je vais m'asseoir au premier pupitre venu. La rentrée scolaire n'a plus rien d'une fête ; elle prend plutôt des allures de cauchemar ! Nous ne sommes que onze filles dans la classe et dix-huit garçons. Quelle horreur ! Sans oublier que mon professeur est le seul homme enseignant dans l'école et que pratiquement toutes mes amies sont dans la classe de Claire.

–Mademoiselle ?

–Moi ?

Ah non ! Le professeur ne va pas commencer à me disputer dès la première minute de l'année !

–Vous serez mieux assise ici, je crois.

Quelle surprise ! Ce Gustavo m'invite gentiment à changer de pupitre, en obligeant un des garçons à m'offrir le sien. Ce nouveau venu me semble soudain moins horrible que je ne me l'imaginais en entrant dans la classe. Et puis, sa voix m'a fait tout drôle en dedans : elle semble chanter les mots au lieu de les dire. C'est un peu étrange, mais c'est aussi très beau.

Bien entendu, ce n'est pas un peu de gentillesse de sa part qui parviendra à me faire oublier Claire Bonenfant !

–Chers amis, je suis très content

d'être votre enseignant. Je m'appelle Gustavo, Gustavo Fernandez. Je suis né en Argentine.

Pendant un très long moment, il nous parle de son pays. Très simplement. Comme si nous étions déjà amis depuis longtemps. Il nous raconte un peu son enfance ; personne ne parle ni même ne chuchote. Rien, rien du tout ! Et pourtant, il y a toujours dix-huit garçons dans ma classe... Il doit avoir un don !

Si la voix de mon nouveau professeur chante les mots, ses bras, eux, n'arrêtent pas de s'agiter et de dessiner toutes sortes de figures géométriques : un vrai chef d'orchestre qui dirige les mots au lieu des musiciens. Il est plutôt drôle, ce Gustavo !

Par sa voix, il nous entraîne au bord de la mer, en compagnie de son père et de lui-même. Ils vont vendre leurs fruits dans un village, très loin. Un âne les aide à transporter leur marchandise. J'ai soudain les pieds tout chauds : j'ai même l'impression qu'ils s'enfoncent dans le sable brûlant.

Je me redresse sur ma chaise, un peu fâchée contre moi-même, et je me dis : « Réveille-toi, Mélanie ! Tu as les deux pieds sur le plancher, sous ton pupitre. Rappelle-toi : tu n'es pas contente du tout. Tu n'es pas dans la classe de Claire Bonenfant. N'oublie jamais ça ! »

Je pointe le nez vers le plafond et tente de ne plus écouter Gustavo ; pourtant, mes oreilles continuent à capter chacun de ses mots.

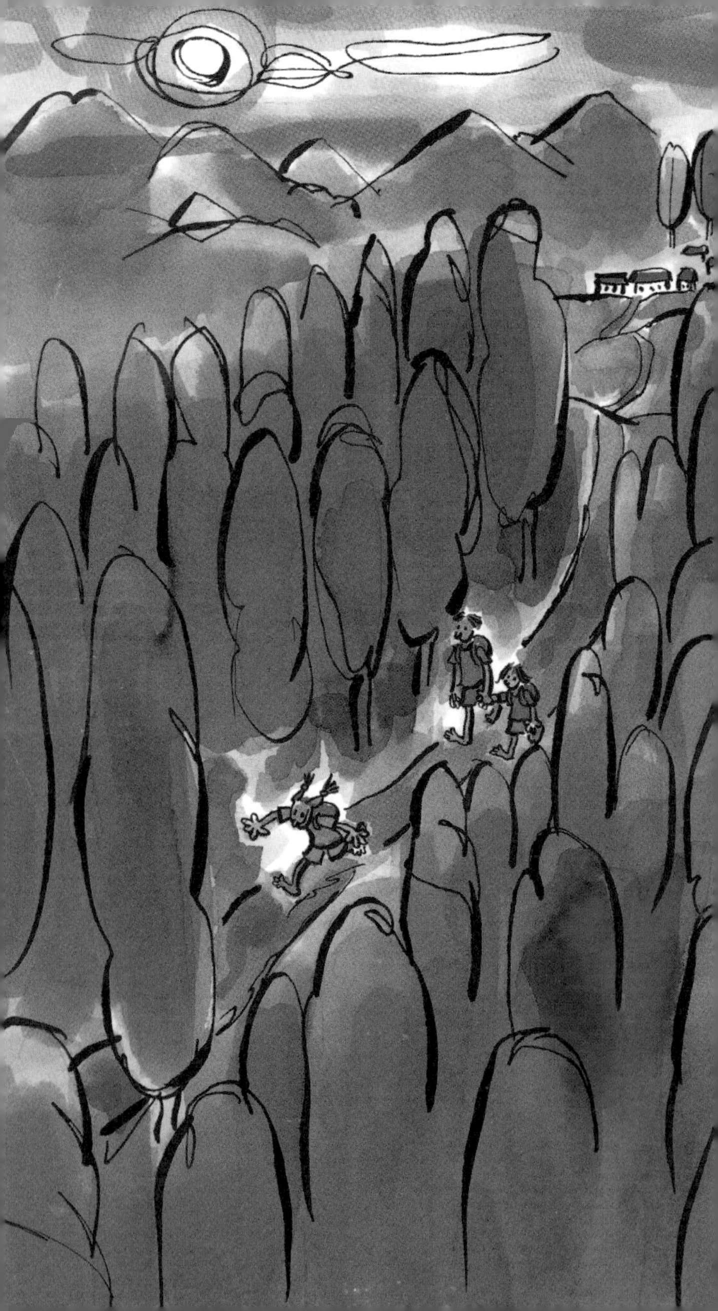

–Avec notre âne, nous marchions au bord de la mer longtemps, longtemps, jusqu'au marché...

Mes pensées repartent vers l'Argentine. J'apprends que la famille de mon professeur était pauvre, que ses parents ont travaillé fort toute leur vie pour que ses deux sœurs et lui aillent à l'école. Tous les matins, Gustavo, Lorietta et Magnolia quittaient leur village situé sur un plateau, descendaient un petit sentier à travers une forêt et traversaient deux autres villages avant de parvenir enfin à leur école. Une heure de marche ! Magnifique par beau temps, mais dangereux par temps de pluie alors que le sentier devenait boueux... Sans parler des jambes toutes sales !

Je ramène rapidement mes jambes

sous ma chaise en grimaçant. Debout devant le groupe, ses bras s'agitant toujours, Gustavo écarquille les yeux et me fait frémir en ajoutant:

–Mais il y avait pire encore: des animaux et des insectes tropicaux venaient parfois nous terrifier.

Il nous rassure tout de suite en nous disant que ses petites sœurs et lui avaient appris comment réagir dans de telles situations.

N'empêche qu'elles devaient avoir peur, Lorietta et Magnolia. Moi qui ai peur d'une araignée, j'aurais eu la frousse de ma vie!...

–C'était si beau, les matins de soleil! continue Gustavo. Les rayons se glissaient à travers l'épaisse forêt d'arbres comme de petits voleurs en quête d'ombre. Nous étions tout petits et nous avions l'impression, mes

sœurs et moi, de nous retrouver au centre d'un immense nuage de fine poussière blanche et lumineuse, un nuage entouré de grands fantômes aux longs bras vert émeraude, vert jade…

J'écoute parler Gustavo et j'ai les mains aussi moites que lorsque je passe un test de français oral. Je ne comprends plus rien.

Mon cœur se met à battre très fort. Un peu comme lorsque papa a quitté la maison avec ses bagages en juillet. Mais cette fois, je n'ai pas de peine. Au contraire !

Et puis… je ne le dirais à personne, mais je trouve Gustavo très beau avec ses cheveux noirs et luisants. Son teint est basané, ses yeux brillent comme des étoiles. Sa voix est douce et me fait autant voyager

dans ma tête que celle de papa, grave et chaude, quand il me lisait des histoires pour m'endormir.

–Mélanie ? murmure tout à coup Martin, près de moi. Veux-tu faire partie de mon équipe à la récréation ?

Je me retourne vers Martin, mon voisin de droite. Je lui fais de gros yeux qui disent : « Ne me dérange pas ! » Puis, mon regard retourne vite vers Gustavo.

Chapitre 2

Le cœur à l'envers

Le gymnase de l'école Louis-Jolliet commence à être bondé de monde. Mais je n'ai toujours pas vu Gustavo. Je suis très curieuse de savoir s'il est retourné à Santa Lucia, son petit village en Argentine dont il nous a tant parlé. A-t-il refait de longues promenades au bord de la mer? A-t-il changé, après toutes ces années? Vais-je le trouver aussi beau?…

–Ah! Mélanie, te voilà!

Surprise, je me retourne et vois Martin.

–Tu as pu venir, finalement! Je suis contente.

–Hum! quel parfum! fait-il en humant la rose épinglée à ma robe.

Eh oui, il s'agit bien du même Martin que j'ai connu toute jeune, à l'école. Celui qui ne cessait de dire à toutes les filles qu'il était mon amoureux…

• • •

Depuis dix jours, une heure trente-deux minutes et vingt-cinq… vingt-six secondes pour être très précise, je vis comme dans un rêve.

Avec Gustavo, l'école n'est plus l'école : qu'il s'agisse du français, des mathématiques ou de toute autre matière, j'apprends à les aimer. Je ne comprends pas mieux, mais je n'ai plus d'aversion pour aucune. Je ne soupire jamais plus d'ennui pendant

les cours. Au contraire ! Le temps file aussi rapidement que les beaux nuages blancs que je vois glisser dans le ciel tout bleu à travers la grande fenêtre de notre classe.

À vrai dire, depuis la rentrée, un seul petit nuage noir est passé dans ma vie. Hier soir.

– On ne tombe pas amoureuse à dix ans, Mélanie ! C'est ridicule !

Je n'aurais pas dû confier mes sentiments à ma grande sœur. Sandrine n'a pas été très gentille avec moi. Ce qui m'a fait le plus mal, c'est qu'elle a ajouté, avant de me quitter :

– Tu es trop petite : tu parles encore à tes toutous en cachette. Je t'ai vue !

Assise avec les autres élèves de mon équipe de travail, je regarde distraitement Gustavo écrire au

tableau. Je m'en veux encore d'avoir ouvert mon cœur à ma sœur aînée. Elle devait être très malheureuse, hier soir, car ce n'est vraiment pas son genre de me faire de la peine. Soudain, ça me revient : depuis des semaines, Sandrine ne nous parle plus de son fameux Rémi, le numéro 9 de l'équipe *pee-wee* du collège Saint-Stanislas.

–Mélanie ?

Heureusement, je n'ai pas révélé l'identité de mon amoureux à Sandrine, malgré toutes ses questions. Elle est si curieuse, ma grande sœur…

–Mélanie ? Sors de la lune ! lance Martin en haussant la voix. Ce n'est pas en regardant le prof que tu vas nous aider à faire notre travail d'équipe !

Par bonheur, la cloche annonce la récréation et met fin à une autre discussion qui allait se transformer en dispute.

Pendant un instant, je fais semblant de chercher un crayon dans mon sac; je veux être la dernière à quitter la classe.

– Avez-vous des écritures à faire au tableau, Gustavo?

– Non, merci. Pas ce matin, ma belle.

J'adore quand il m'appelle « ma belle »! Bien sûr, il nomme les autres filles ainsi, mais jamais avec des yeux aussi doux, j'en suis certaine.

– Ce matin, continue Gustavo, j'ai décidé d'aller jouer au ballon chasseur!

• • •

Je suis devenue l'ange gardien de Gustavo. Il en a bien besoin ! Sur le terrain, je reste constamment à ses côtés.

Gustavo court. Il court très vite, même. Chaque fois que le ballon vient vers lui, il bondit de côté tel un ressort, ses cheveux soyeux dansant sur sa nuque. Il est excellent pour esquiver. Heureusement, car deux ou trois garçons de notre classe ont des lancers très puissants. Surtout Martin.

Je le trouve courageux, Gustavo, mais assez peu doué…

Il agite ses mains dans toutes les directions, comme lorsqu'il enseigne. Mais beaucoup plus rapidement. Ses bras ont l'air de s'entremêler constamment. De chef d'orchestre, il semble s'être transformé en une

pieuvre sur pattes. Pauvre Gustavo! Il est évident qu'il n'a jamais joué au ballon chasseur de sa vie.

Je lui crie:

–Rapprochez vos coudes de votre corps! Étendez les bras vers l'avant, Gustavo! Ouvrez les mains, ne courez pas les poings fermés...

Des garçons se moquent de Gustavo et l'imitent. Ah! les ingrats! Rire d'un professeur qui vient jouer avec ses élèves et qui éclipse tous les autres enseignants de l'école Louis-Jolliet. Même Claire Bonenfant!

Soudain, droit devant moi, Martin attrape le ballon. Il nous fait face, à Gustavo et à moi. Vite, nous reculons. Notre dangereux adversaire amorce sa course vers la ligne du milieu et gronde:

– Gustavo, fini de jouer les danseuses de ballet ! Cette fois, vous ne pourrez pas l'éviter !

Je n'ai jamais vu Martin avoir l'air aussi méchant. Il est sur le point de décocher son foudroyant lancer. Le pauvre Gustavo ne pourra pas s'en tirer. Je me précipite devant lui. Je fais ma brave, mais je tremble de peur à l'intérieur.

Martin lance le ballon. La trajectoire est montante. Ah ! le misérable ! Je lève les bras. Trop tard : mes doigts n'effleurent que le dessous du ballon. Et… PAF ! Le boulet de canon atteint Gustavo en plein visage.

Je tourne des yeux remplis de colère vers Martin, qui baisse aussitôt la tête…

Chapitre 3

Sous les pommiers

Génial, ce vingt-cinquième anniversaire ! Il ne se passe pas une minute sans que l'arrivée d'une nouvelle personne ne me replonge dans mon passé de petite fille.

Mais toujours pas de Gustavo à l'horizon...

–Je gagerais ma chemise que vous cherchez Caruso !

Je me retourne vivement.

–Oups !

J'ai échappé un peu de vin sur le gros ventre de l'homme qui vient de me faire sursauter. Les joues toutes rouges, je

m'empresse d'essuyer les gouttes sur son chandail à l'aide de ma serviette de papier.

– Excusez-moi ! Je suis vraiment désolée.

– On aime toujours les roses, à ce que je vois ! lance le gros homme, en fixant un bref instant la rose épinglée à ma robe.

Pour la première fois, mes yeux s'arrêtent sur son visage. Sur le coup, je ne le reconnais pas. Mais cet air coquin, ces joues joufflues et ce gros ventre rond de père Noël mettent rapidement ma mémoire en éveil.

– On dirait une tache de sang, lance l'homme d'un air énigmatique en pointant les gouttes de vin sur son chandail. Il ne faudrait pas montrer ça à Caruso. Il tomberait dans les pommes…

– Monsieur Chevrette !

– Lui-même ! ricane mon ancien chauffeur d'autobus. On m'a dit que vous enseignez ici, maintenant ? Quelle coïncidence !

Très rapidement, la conversation chemine vers cette fameuse journée que je ne suis pas près d'oublier…

• • •

Les jours ont passé, les feuilles ont commencé à tomber et le nez de Gustavo à désenfler.

Tôt ce matin, j'ai cueilli une belle rose sur le terrain de ma voisine Julie. Je l'ai placée au fond de mon sac d'école, dans du papier de soie, le pied de la tige dans une éprouvette remplie d'eau.

Papa apportait toujours une douzaine de belles grosses roses rouges

à maman à la Saint-Valentin…

– Tu es idiote ! semblait me dire Benjamin, mon vieil ourson, dès mon retour dans ma chambre avec la rose. Ton Gustavo va rire de toi !

– Jaloux ! ai-je rétorqué avant de ranger le pauvre Benjamin au fond du dernier tiroir de ma commode. Je ne suis plus une enfant, mon vieux ! Ciao !

Je suis tout excitée. Aujourd'hui, c'est ma première sortie avec Gustavo, mon amour de prof. J'ai mis mon plus beau jean et mon petit veston de cuir rouge. Je fais très mode, très jeune fille. Un seul petit problème : nous sommes accompagnés… par toute la classe. Une sortie d'automne aux pommes !

Malgré tous les chaperons présents, je suis bien décidée à remettre

ma rose à mon professeur. Et à lui dire une petite phrase à laquelle j'ai réfléchi presque toute la nuit.

Depuis un moment, je me promène toute seule dans une allée éloignée de celle où tous cueillent les pommes. Je suis fière de moi : même Martin ne m'a pas remarquée quand je me suis esquivée, lui qui ne me quitte pas d'une semelle, habituellement. Mais j'ai bien pris soin d'attirer l'attention de Gustavo. Du moins, je l'espère…

– Mélanie ? chantonne soudain une voix grave derrière moi.

C'est lui ! Mon plan a marché ! Je ne me retourne pas. Je ne m'arrête pas. Je ralentis seulement le pas. J'entends le bruissement des feuilles sous les pieds de Gustavo. Je serre la poignée de mon sac.

– Ohé, Mélanie ! Tu n'aimes pas cueillir les pommes ?

J'entrouvre mon sac, glisse la main à l'intérieur et fais demi-tour.

– Gustavo, je voulais vous dire…

Mes yeux voient ses yeux : des étoiles se mettent à danser entre nous. Mes idées s'embrouillent d'un seul coup. J'oublie tout ce que je voulais dire à Gustavo. Je me sens comme une feuille : je tremble et un tout petit coup de vent pourrait me faire tomber au pied d'un pommier. J'ai déjà eu des frousses terribles lors d'examens que je n'avais pas préparés, d'un solo à faire dans la chorale de l'école, d'un grand rôle dans une pièce jouée à Noël. Mais ce n'était rien comparé à cette peur qui m'empêche de dire un seul autre mot, qui transforme mes joues en

bouillottes et qui me cloue sur place comme une momie dans son sarcophage.

« La rose ! La rose ! Prends la rose ! » me répète une petite voix dans ma tête.

Eurêka ! Oui, la rose ! Avec elle, tout va redevenir normal, facile : j'ai tellement repassé ma phrase dans ma tête, toute la nuit, que je vais

retrouver la parole. D'un geste brusque, je prends la rose.

– AÏE !

Je sors la main du sac en grimaçant de douleur. Les roses de ma voisine Julie sont les plus belles et les plus grosses, mais elles ont aussi les plus grosses épines ! De vraies épines de cactus ! J'ai plongé ma main au fond du sac avec tant de

vigueur que, malgré le papier de soie, je me suis piquée profondément.

Du sang coule sur mon index.

–Qu'y a-t-il ? demande Gustavo d'une voix faible. Mélanie, tu t'es…

Il fixe mon doigt comme s'il s'agissait d'un insecte tropical venimeux. Son beau teint caramel brun vire au caramel blond. Ses yeux s'agrandissent et ses pupilles se transforment en mouches à feu. Mon cœur s'arrête de battre. Gustavo tombe à mes pieds, comme une pomme…

Au milieu des pommiers, je reste plantée là, bouche bée.

–Mélanie ? Qu'est-ce qui se passe ?

Martin s'élance à mon secours.

• • •

Je suis assise sur la première banquette de l'autobus scolaire et monsieur Chevrette, notre chauffeur, joue au médecin. Il me fait un énorme pansement au bout de l'index. On dirait une petite marionnette en chiffon blanc.

–Je n'ai pas besoin de cette…

–Tut! tut! tut!

Il m'énerve, ce chauffeur! De quoi je vais avoir l'air, avec cette horrible chose au bout du doigt?

–Il le faut, ma petite, pour que le sang arrête de couler.

–Et pour ne plus faire tomber Gustavo dans les pommes, ajoute Martin, assis sur la banquette d'à côté, avec un petit air moqueur.

–Martin, mêle-toi de tes…

–Allons, intervient monsieur Chevrette. Tu devrais être plus

gentille avec ce jeune homme; c'est lui qui vous a secourus, ton prof et toi.

Ce chauffeur m'énerve de plus en plus! Il fouille sans arrêt dans sa trousse de premiers soins et semble si content de me soigner que j'ai peur qu'il n'arrête jamais d'ajouter du ruban autour de mon doigt.

Gustavo glisse la tête dans l'entrebâillement de la porte.

–Est-ce que je peux monter?

–Oui, bien sûr, clame monsieur Chevrette. Plus de danger de voir du sang.

Et Martin ne peut s'empêcher d'ajouter son grain de sel:

–Venez voir la belle marionnette de Mélanie!

–Tiens, mon enfant, j'ai terminé! lance notre chauffeur, tout amusé,

en se frottant les mains de satisfaction. Ta maman n'aurait pas fait mieux.

Je voudrais mourir. Je cache vite ma main derrière mon dos.

–Je m'excuse de t'avoir fait peur, Mélanie, dit Gustavo en grimpant dans l'autobus. Mais je ne peux voir du sang sans que...

–Exactement comme ma grand-mère Ida ! l'interrompt monsieur Chevrette. Elle aussi tombait dans les pommes juste à voir une goutte de sang. Paf !

Et, se tournant vers moi, notre chauffeur demande :

–Mais veux-tu bien me dire, ma petite...

Ah ! lui et ses « mon enfant », « ma petite », « ta maman »... Va-t-il enfin arrêter ?

–Comment tu as fait ton compte pour te couper le doigt ?

Une image surgit dans ma tête : catastrophe ! Je crie :

–Où est mon sac ?

–Du calme, voyons ! dit le chauffeur d'autobus d'une voix qui se veut rassurante. Je l'ai rangé dans le coffre à bagages. Je vais le chercher. Qu'est-ce qu'il y a de si important dans ce sac pour te faire crier comme ça ? Un trésor ?

Sans plus attendre, monsieur Chevrette passe devant Gustavo et descend les marches de l'autobus.

–Il y a sûrement quelque chose de coupant dans son sac, lui confie Gustavo, car c'est en y mettant la main qu'elle s'est blessée.

Le chauffeur disparaît. Gustavo s'approche alors de ma banquette.

Martin lui lance :

– En tout cas, monsieur, vous nous avez fait peur !

– Merci, Martin, pour ton idée d'un linge mouillé. C'est exactement ce qu'il me fallait. Et puis… je crois que… je préfère de beaucoup un peu d'eau froide au visage qu'un gros ballon sur le nez !

Après un instant d'hésitation, Martin et lui pouffent de rire, comme deux grands amis. Moi, je voudrais me transformer en sorcière et changer Martin en crapaud sur-le-champ.

Gustavo s'assoit à côté de moi. Je sens des papillons battre des ailes follement dans mon estomac.

– Mélanie, que voulais-tu me dire, tantôt ?

– AÏE !

Un cri de mort me fait sursauter. À toute vitesse, Gustavo, Martin et moi descendons les marches de l'autobus. Je remarque immédiatement un joli papier de soie vert qui ballotte au vent et s'éloigne de l'autobus. Je tourne vite la tête : notre chauffeur est dans tous ses états. Il a un doigt dans la bouche et tient dans l'autre main une rose à la tige brisée. Monsieur Chevrette exécute des petits pas de danse, comme pour calmer la douleur.

Mais qu'est-ce qui lui a pris, à ce gros malin de monsieur Chevrette, de fouiller dans mon sac ? Tout est fichu !

– J'ai fouillé dans ton sac pour t'éviter de te faire mal à nouveau, ma grande !

Martin crie à notre chauffeur :

– Remettez votre doigt dans la bouche ! Notre prof va retomber dans les pommes.

Je fixe toujours ma rose qui pend tristement dans la main du chauffeur. Elle me fait penser à la vieille poupée brisée que je traînais partout dans la maison quand j'étais toute petite. Mes yeux s'embrouillent.

Je me sens aussi moche que ma vieille poupée...

• • •

Depuis un bon moment déjà, l'autobus file à vive allure sur l'autoroute. Gustavo, tout près du chauffeur, chante des chansons de son pays. L'idée de monsieur Chevrette était géniale, cette fois !

En agitant son propre pansement

au doigt comme s'il s'agissait d'une marionnette, il m'a demandé :

– Que dirais-tu, Mélanie, de faire chanter Gustavo ? Je suis sûr qu'il chante aussi bien que Caruso lui-même !

Je crois que notre chauffeur voulait se faire pardonner d'avoir brisé ma rose...

Je ne sais pas si Gustavo et monsieur Chevrette ont compris à qui je voulais donner la rose, mais Martin, lui, l'a deviné : il est allé s'asseoir tout au fond de l'autobus et, depuis notre départ, il ne parle à personne. Et il ne semble pas du tout aimer les chansons argentines de notre professeur.

Pourtant, qu'il chante bien, Gustavo !

Je ne sais pas s'il est aussi bon

chanteur que le Caruso dont parlait monsieur Chevrette, et que je ne connais pas du tout, mais je sais que je passerais des heures et des heures à l'écouter chanter. Sa voix est si fine, si mélodieuse...

Lorsque Gustavo aura terminé de nous faire rêver à son pays avec sa belle voix, il va devoir s'asseoir à la seule place libre dans l'autobus, celle à côté de moi. Peut-être que je réussirai enfin à lui dire mon petit mot, même sans ma rose.

Chapitre 4

Parfum de rose

Eh non, je n'ai pas pu dire mon petit mot à Gustavo dans l'autobus, en revenant des pommes, car il a finalement chanté pendant tout le trajet.

Quels souvenirs vient de me remémorer monsieur Chevrette! Il s'éloigne à présent, dans le gymnase, il va de personne en personne qu'il reconnaît, promenant fièrement son gros ventre tout rond de vrai chauffeur d'autobus.

Soudain, j'aperçois Gustavo qui fait son entrée. Mon cœur fait un petit bond de jeunesse...

• • •

Je regarde la télévision.

L'image se brouille subitement. À la place des comédiens, je vois apparaître à l'écran ma mère et Gustavo en train de discuter.

Je secoue la tête. Les personnages du téléroman réapparaissent mais, dans ma tête, il n'y a de place que pour la scène que j'imagine depuis de longues minutes.

– Qu'est-ce qu'ils peuvent bien avoir de si long à se raconter ?

Ce soir, ma mère rencontre mon professeur. La fameuse rencontre des parents ! Pour maman, je resterai toujours son « petit bébé chéri », comme elle le dit à tout le monde. Elle n'a sûrement pas manqué de le dire aussi à Gustavo... Déjà plus de

deux heures qu'elle est partie !

J'essaie de me concentrer sur le téléroman. Mais, comme c'est le cas depuis des jours et des jours, toutes mes pensées vont vers Gustavo. De nouveau l'écran se brouille, les images se mettent à défiler à toute vitesse. Je me vois en train de me promener avec lui sur le bord de l'océan, ma main dans la sienne ; je danse avec Gustavo à Santa Lucia, le soir, sous un chapiteau illuminé de mille et une petites lumières ; je tue des scorpions venimeux qui s'apprêtent à piquer Gustavo dans la forêt tropicale ; je valse avec lui dans une grande salle de bal, devant mes amies ébahies ; et, dans la dernière séquence, Gustavo apparaît sur un terrain de soccer, en pleine course. Il donne un foudroyant coup

de pied sur le ballon… qui frappe le gardien en plein sur le nez ! Un gardien qui ressemble comme deux gouttes d'eau à Martin. Ouf ! Et tout ça sans une seule pause publicitaire…

La porte s'ouvre enfin ; mon cœur se serre.

– Salut, ma grande !

Ma mère qui m'appelle « ma

grande » ? Je me méfie. Elle a plutôt l'habitude de s'adresser à moi en disant « ma petite », et parfois même « mon bébé ».

Quelques instants plus tard, ma mère me rejoint au salon. Elle va éteindre le téléviseur et s'assoit dans le fauteuil face à moi.

Malgré son sourire, je vois dans ses yeux une grande inquiétude ; presque aussi grande qu'après les disputes avec papa, au début de l'été.

Gustavo et elle se sont raconté des tas d'histoires à mon sujet, j'en suis maintenant certaine. Mais quelles histoires ?...

J'attends, la gorge nouée. Qu'ont-ils pu se dire de si grave ?

– Mélanie, je crois que je t'ai un peu trop délaissée ces derniers temps..., commence maman sur un ton rempli de chagrin. Ma peti... euh... ma grande, il est temps de se parler.

Mes mains sont moites. Elles se referment, agrippant le tissu de ma veste de pyjama.

– Avant tout, je voulais te dire...

que ton professeur est charmant. Il te fait dire bonsoir, d'ailleurs.

J'ai des crampes dans le ventre, mais je souris à ma mère. Elle esquisse un sourire à son tour, puis elle cherche ses mots. Moi, je ne peux plus attendre ! Je demande :

– Qu'est-ce que j'ai fait de mal ? Je n'ai pas des bonnes notes, c'est ça ?

– Rien de grave, Mélanie. C'est… c'est juste que tu es trop souvent dans la lune.

– La lune ?

– Oui… C'est ce que m'a expliqué ton professeur. Tes premiers résultats sont très moyens ; bien en dessous de ce que tu obtiens généralement.

Ma mère me fait les yeux doux. J'ai peur. Maman n'a jamais réagi ainsi à de mauvaises notes… Je suis persuadée qu'il y a quelque chose

de plus grave que mes résultats.

–Je vais m'appliquer, maman. C'est promis!

Ma mère garde le silence un moment. Je m'agite sur ma chaise. J'ai chaud. Très chaud.

–Mélanie, reprend ma mère d'une voix un peu tremblotante, je sais que tu n'es plus un bébé. Alors, je vais te parler franchement. Gustavo m'a aussi expliqué pourquoi tu t'étais fait mal au doigt, lors de votre sortie de classe, aux pommes... Tu sais, l'énorme pansement?

Non! Pas ça!

–J'ai tout de suite fait le lien entre la rose et... ce que m'a dit Sandrine, l'autre soir.

Ah! la traîtresse! Jamais plus je n'adresserai la parole à Sandrine!

–Tu sais, reprend maman, à ton

âge, je voulais me marier avec mon cousin Jonathan... Je croyais que c'était de l'amour...

Je me lève et fais tomber ma chaise à la renverse.

–Mélanie, viens ici! Ce n'est pas grave de...

Trop tard! Je suis déjà loin. Je cours dans ma chambre et me jette sur mon lit. Je mords de rage dans mon oreiller.

Quel besoin avait Gustavo de parler de la rose à ma mère! Je ne lui pardonnerai jamais, à lui non plus...

Je n'arrive plus à me retenir: je laisse éclater ma peine. Je pleure à chaudes larmes. Mes paupières se transforment en écluses: dès qu'elles s'ouvrent, mes yeux se retrouvent noyés. Et pendant de longues minutes, la peine monte, monte,

monte… jusqu'à ce qu'elle se calme quand je laisse ma mère venir me réconforter et me caresser lentement les cheveux.

Je n'ai qu'une seule pensée en tête : jamais Gustavo ne saura le petit mot que je voulais lui dire. Il ne le mérite pas. Il a parlé de la rose à ma mère. Il me prend pour une petite fille. Tant pis pour lui ! Il n'a rien compris… mon amour de prof.

Je finis par m'endormir sur mon oreiller tout humide.

• • •

Dans le gymnase, je m'approche de Gustavo.

–Bonjour, Gustavo ! Vous vous souvenez de moi ?

–N'êtes-vous pas… Attendez…

Je trouve le temps d'attente un peu long.

–Ça y est ! J'ai trouvé ! s'exclame mon ancien professeur. Nathalie !

Je pardonne cet oubli à Gustavo : après tout, quatorze années se sont écoulées et il a dû enseigner à des centaines de filles et à des dizaines de Mélanie depuis. Je le reprends, ne pouvant m'empêcher de baisser les yeux un instant, constatant que mon amour de prof n'a rien perdu de son charme… mis à part sa mémoire un peu défaillante.

–Mélanie.

–Oh ! fait-il en pointant ma rose, l'air un peu embarrassé : La bella rosa !

Tout sourire, je lève les yeux. Il s'est souvenu…

–J'aurais dû vous reconnaître plus tôt : la seule bella rosa, *poursuit-il en*

ricanant, qui m'a fait tomber dans les pommes.

Gustavo et moi discutons du passé et du présent quelques minutes. Non, Gustavo n'a malheureusement pas eu l'occasion de retourner dans son village voir les siens et retrouver la mer, la forêt tropicale, les soirées de fête et de danse sous le chapiteau illuminé de mille et une petites lumières… Mais il a épousé Maria, une Argentine, comme lui. Ils parlent d'avoir un enfant, d'aller lui montrer où ses parents ont passé leur jeunesse et de lui faire connaître ses grands-parents.

Nous levons nos verres de vin à la réalisation des beaux projets de Gustavo.

– Si ce n'est pas le beau Gustavo !

Tout fringant, comme à son habitude, Martin se joint à nous.

–Non ! Pas Martin ! s'exclame Gustavo avec enthousiasme, lui tendant les bras. Celui qui m'a presque décapité au ballon…

–De l'eau au visage et un ballon sur le nez ; oui, c'est bien moi !

Pendant que Martin fait l'accolade à notre ancien professeur, je ne peux m'empêcher de remarquer que Gustavo l'a reconnu sur-le-champ. Il semble beaucoup plus heureux de revoir Martin que de me retrouver. Petite déception que je tiens à oublier très vite…

–Gustavo, vous me parliez de votre épouse… À mon tour de vous présenter mon copain. Il enseigne, comme moi, mais au secondaire.

–Ah bon ?

–Et vous le connaissez.

–Je le connais ?

–Si ! intervient Martin, tout sourire.

C'est moi, l'heureux élu.

–Incroyable ! lance Gustavo.

J'ajoute :

–La vie a parfois de ces coïncidences, vous ne trouvez pas ?

–Ça oui !

Nous continuons à parler quelques instants avant que Gustavo n'aille saluer d'autres anciens amis et élèves.

–Est-ce que la plus ravissante de toutes les élèves et enseignantes de l'école Louis-Jolliet depuis vingt-cinq ans aimerait que j'aille lui remplir son verre de vin ? me murmure Martin à l'oreille.

Ravie, je prononce enfin une phrase préparée il y a longtemps :

–Cher monsieur, vos paroles sont pour moi comme un parfum de rose.

Heureuse et soulagée, je regarde Martin s'éloigner avec ma coupe.

Je viens enfin de prononcer ce fameux petit mot que j'avais gardé si longtemps enfoui au fond de mon cœur. En fait, je l'ai légèrement modifié, pour la bonne cause, car l'original était : « Vos paroles en classe sont pour moi comme un parfum de rose. »

Voilà. Je n'ai plus de petit mot pour Gustavo, mais il restera toujours mon amour de prof.

ARGENTINA

Dans la même collection

1 **Christophe au grand cœur**
Nathalie Loignon

2 **Jomusch et le troll des cuisines**
Christiane Duchesne

3 **La mémoire de mademoiselle Morgane**
Martine Latulippe

4 **Un été aux couleurs d'Afrique**
Dominique Payette

5 **Du bout des doigts le bout du monde**
Nathalie Loignon

6 **Jomusch et la demoiselle d'en haut**
Christiane Duchesne

7 **Marion et le Nouveau Monde**
Michèle Marineau

8 **La belle histoire de Zigzag**
Yvon Brochu

9 **Jomusch et les poules de Fred**
Christiane Duchesne

10 **Un amour de prof**
Yvon Brochu

Achevé d'imprimer en février 2003
sur les presses de Imprimeries Transcontinental
division Métrolitho à Sherbrooke (Québec)